Nora Gräfin von Strachwitz

Neue Gedichte

Nora Gräfin von Strachwitz

Neue Gedichte

ISBN/EAN: 9783743496095

Hergestellt in Europa, USA, Kanada, Australien, Japan

Cover: Foto ©Andreas Hilbeck / pixelio.de

Nora Gräfin von Strachwitz

Neue Gedichte

Neue Gedichte

von

Nora Gräfin von Strachwitz
geb. Gräfin Henckel von Donnersmarck

Breslau
Verlag von Eduard Trewendt.
1898.

Meiner lieben Freundin

Luise von Tschirschky-Reichell

gewidmet

Inhalt

                                                            Seite

Widmung 1

Betrachtungen

Meine Muse 5
Was ist der Himmel? 7
Es war einmal 9
Trost 10
Ein Lichtstrahl 11
Glück 13
Licht 15
Frauen gleichen Sternen 17

Tagebuchblätter

Erinnerung an Kaiser Friedrich 21
Am Geburtstag Kaiser Wilhelm II. 1895 . . 23
Dem Großherzog Carl Alexander von Sachsen-Weimar, Frühjahr 1898 25
Schloß Hirschhügel in Thüringen 28
Gruß an Neapel 30
Die St. Lorenz-Nacht 32

	Seite
In der Villa d'Este bei Tivoli	34
Bei Vollmondschein im Collosseum zu Rom	35
An die Tiroler	36
In Veldes in Ober-Crain	37
Davos im Schnee	39
In Berka	42
Zu Tabarz	44
Sommermorgen im Walde	45
Sturm im Walde	46
Gewitter an einem Bergsee	47
Ein Morgen im Hochgebirge	48
Seegold	50
Improvisierte Vorstellung in meinem Salon zu Weimar am 17. Februar 1894	54
Abermals eine ähnliche kleine Aufführung am 15. Mai 1895 in meinem Salon zu Weimar	60

Bilder aus der Vergangenheit

Ein Abend bei Goethe	71
Das Heldengrab am Wandelberg	73
Die reiterlosen Pferde nach einer Schlacht	75
Der Abschied von Napoleon I. und Josephine	77
Die Taufe des Königs von Rom	79
Die Frauen der Tuilerien	83
König Georg V. von Hannover in der Schlacht bei Langensalza	86

Widmung.

Krankheit trieb mich aus der Heimat
In die schöne Alpenwelt,
Doch das Heimweh hat sich schleichend
Meinen Schritten zugesellt.

Wonnig ist die Luft der Berge,
Herrlich ist ihr Farbenspiel,
Aber Deutschlands grüne Wälder
Bleiben meiner Wünsche Ziel.

Eh' ich wieder sie beschreite
Send' ich diesen Boten aus
Meine Grüße zu verbreiten
Liebevoll von Haus zu Haus.

Sollte es der Himmel fügen,
Daß dies sei mein Schwanenlied:
Wollet mich nicht ganz vergessen
In dem heimischen Gebiet!

Aber sollte ich mein Deutschland
Einst genesen wiedersehn:
Fröhlich würden Dankeshymnen
Dann in meiner Brust erstehn! —

Nehmt indessen meinen Boten
Auf mit der gewohnten Huld,
Und durchblättert meine Verse
Voller Milde und Geduld!

Betrachtungen

Meine Muse.

Ich habe viel gedichtet,
Doch nie für Ruhm und Preis,
Auch Tadel läßt mich ruhig,
Macht mir den Kopf nicht heiß.
Der Kritiker Belehrung
Sie hat mich nie empört
Und nie den lautern Frieden
In meiner Brust gestört.
Doch hab' ich froh empfunden
Ein jedes Mitgefühl,
Verständnis für mein Dichten
Und meiner Worte Ziel.
Und wenn ich reine Freude
Durch meine Lieder schuf:
So fühlte ich die Weihe,
Den köstlichen Beruf! —

Ich habe viel erduldet
In meiner Lebenszeit,
Und meine Harfe stimmte
Mein treuer Freund, das Leid;
Doch ihre Melodieen
Sie blieben immer rein,
Kein Mißton schlich sich jemals
In ihre Klänge ein.
Drum ist auch meine Leier
Mir stets ein heilig Gut,
Ich weiß der Himmel nimmt sie
In seine treue Hut.
Das Bittre der Enttäuschung
Es wurde mir erspart,
Mir blieb der Stolz des Schaffens,
Mit Demut schlicht gepaart. —
Und sterbend geb' ich dankbar
Der Muse meine Hand,
Den Genius noch segnend,
Der sie mir zugesandt.

Was ist der Himmel?

Was ist der Himmel? Die ewige Frage
Ersteigt ohne Ende im menschlichen Hirn,
Und all' unsre Blicke sie richten sich forschend
Zum blauen Azur und seinem Gestirn.

Der Fromme spricht gläubig: „Es ist jener Mantel
Der Gottes Größe den Menschen verhüllt,
Es ist die ewige, heilige Sehnsucht,
Die alle irdischen Herzen erfüllt."

Die Wissenschaft lächelt: „Es ist ein System,
Ein Kreis von Planeten, den keiner durchbricht,
Sie wandeln dort oben wie Räder am Uhrwerk
Und dienen dem Ganzen zu Wärme und Licht."

Der Künstler spricht glühend: „Es ist jener Zauber,
Der all unser Schaffen begeistert, verklärt,
Der Laute und Lieder dem Dichter entlocket
Und herrliche Klänge den Saiten bescheert,

Der Pinsel und Griffel zur Arbeit beseelet;
Der Himmel ist aller Ideal und Modell;
Er ist für den Künstler der schaffende Odem,
Der ewig auf's neue belebende Quell." —

So bleibt er ein Rätsel, der ewige Himmel,
Nach dem jeder Schlag unsrer Pulse wohl zielt;
Wir rücken ihm näher, wir rücken ihm ferner,
Bis sterbend uns noch diese Frage umspielt.

Es war einmal.

„Es war einmal", dies kurze Wort
Erinnert uns an Märchenluft.
„Es war einmal", so klingt es fort
Voll Wehmut durch des Mannes Brust.

„Es war einmal", so sprech' auch ich
Mit leisen, heißen Thränen,
Und durch mein Herz zieht inbrünstig
Ein unaussprechlich' Sehnen.

Trost.

Ist auch ein Mensch gestorben,
So ist er doch nicht tot,
Erstrahlt sein Grabeshügel
Auch längst im Abendrot.
So lang' in einem Herzen
Sein Bild noch feurig lebt,
Und eine treue Seele
Zu jeder Zeit umschwebt. —
So lebt er fort hinieden
Als wie ein beff'rer Geist,
Denn Gott ist's, der der Liebe
Unsterblichkeit verheißt.

Ein Lichtstrahl.

Wie war ich einst so glücklich,
Fast ohne Wunsch und Weh,
Mein Leben war so ruhig:
Ein spiegelklarer See.

Die schönsten Blumen winkten
Mir zu in stiller Lust,
Ich atmete nur Frieden
Und Dank aus tiefster Brust.

Da brach ein Sturm gewaltig
Und tief erschütternd los,
Er knickte jäh und heftig
Mein Glück erbarmungslos.

Ich beugte mich dem Himmel,
Der diesen Sturm gesandt,
Und sah, wie all mein Hoffen
Und Lieben mir entschwand. —

Nun leb' ich ohne Leben
So kalt und freudlos fort,
Und all mein Sehnen trägt mich
Zum einstgen Friedensport.

Ein Lichtstrahl nur verkläret
Mein trübes, düstres Los:
Daß mir nun angewiesen
Ein Wirkungskreis so groß.

Vier junge Menschenseelen,
Sie sind mir anvertraut,
Für sie nur weht mein Odem,
Schallt meiner Stimme Laut.

Ich will sie Gott erziehen
Zu treuer, heil'ger Pflicht
Und ihre Seelen führen
Zum höhren, wahren Licht.

Ich will sie sorgsam hüten
Auf ihrer Lebensbahn.
Dies ernste, fromme Wirken
Es sei mein Trost fortan.

Glück.

Glück ist: nur für andre leben,
Nur für andre sinnen, streben,
Ihnen alle Kräfte weih'n.
Glück heißt: ganz sich selbst vergessen,
Nie die eignen Opfer messen,
Andern ganz zu eigen sein.

Glück ist: keinen Dank begehren,
Keine Rast in diesen Sphären,
Keine Liebe, keinen Lohn.
Glück heißt: keinen Willen kennen,
Keine Wünsche fühlen, nennen,
Keiner Klage leisen Ton.

Glück ist: rein und schuldlos leben,
Nie erschauern, nie erbeben
Über eine rasche That,
Nie vom Pfad der Pflichten weichen,
Still und fromm sein Ziel erreichen,
Bis der Tod erlösend naht.

Licht.

Ein jeder Mensch soll Licht verbreiten
Auf seiner Erdenpilgerschaft,
Zum Sonnenschein der Seinen werden,
Auf daß er Gutes wirkt und schafft.

Zur Freude andrer, nicht zum Leide
Erschuf uns Gott im Paradies,
Und ist das Leben auch voll Dornen,
So lebt doch Er, der Trost verhieß.

Drum sollen wir des Herzens Qualen
In stiller Nacht uns eingestehn,
Und ach am Morgen wieder lächelnd
Zu unsern Tagespflichten gehn.

Wir dürfen nie des Schmerzes Sklave
Und nie des Grames Spielball sein,
Und sollen allzeit treu bedenken:
Wir leben nicht für uns allein.

Wir sollen andern Freude bieten
Trotz allem Weh, das uns beschleicht;
Wir sollen Licht und Liebe spenden
Bis unser Ziel dereinst erreicht.

Frauen gleichen Sternen.

Frauen giebt's, die Sternen gleichen
Friedlich, sorglos, glänzend schön,
Niemand wagt sie zu erreichen
Wohl auf ihren lichten Höhn.

Keiner Stimme glückt's zu dringen
Jemals an ihr kühles Herz,
Keine rauhen Stürme bringen
Ihnen Reue oder Schmerz.

Keiner Größe, keiner Schwäche
Jemals fähig ist ihr Sinn,
Wie krystallen klare Bäche
Fließen ihre Tage hin.

Fremd der Freude, fremd dem Leide
Wandeln sie durch's Leben kühl
Andern eine Augenweide,
Ohne wirkliches Gefühl.

Nichts je suchend, nichts je fliehend,
Stehen sie unwandelbar:
Alle Blicke an sich ziehend
Still, gehaltlos, kühl und klar.

Tagebuchblätter

Erinnerung an Kaiser Friedrich.

Wie steht sein Bild so herrlich
Vor unserm geist'gen Blick,
Wir schauen lange Jahre
Erinn'rungsfroh zurück
Und sehen unsern Friedrich
Vor uns so treu und echt,
Den wahren Volksbeglücker,
So weise und gerecht.
Wie war sein sonn'ges Wesen
Stets allem zugewandt,
Was Licht und Helle zeugte
Und frei und wahr empfand.
Wie Mars, so kühn und tapfer,
Wie Helios licht und gut,
Ein Ritter ohne Tadel,
Voll Kraft und Edelmut,

Ein Gatte, treu und liebend,
Ein Vater, ernst und mild,
So steht in der Erinn'rung
Vor uns Held Friedrichs Bild,
So wird es weiterleben
In treuer Herzen Hut,
Wenngleich der Leib des Recken
Im Mausoleum ruht.

Am Geburtstag Kaiser Wilhelm II. 1895.

Strahlend grüßt uns heut die Freude,
Jubel klingt von nah und fern;
Leuchtend schauen alle Blicke
Auf zu einem hellen Stern:
Unserm kaiserlichen Herrn.

Unserm jungen Imperator
Winkt ein neues Lebensjahr,
Und des Volkes treue Wünsche
Bieten sich ihm glühend dar,
Grüßen ihn so warm und wahr.

Wieder war sein ganzes Streben
Nur auf unser Wohl bedacht,
Und in sorgenvoller Arbeit
Hat er wohl so manche Nacht
In dem letzten Jahr durchwacht. —

Wahrlich! schwer in unsern Tagen
Ist des Scepters goldne Last
Für den Fürsten, der die Würde
Seines Amtes ganz erfaßt,
Wirkend ohne Ruh und Rast.

Aber mutig, ohne Wanken,
Trotz der Stürme wildem Tanz
Trägt der Kaiser seine Krone,
Sei sie auch ein Dornenkranz,
Ungetrübt im hellsten Glanz.

Deshalb jauchzen alle Herzen
Unserm jungen Herrscher zu:
Unser Retter in Gefahren,
Unsre Hoffnung, unsre Ruh',
Unser Held und Hort bist Du!

Grossherzog Karl Alexander von Sachsen-Weimar.

Frühjahr 1898.

Dein achtzigster Geburtstag naht,
Europa jubelt Dir entgegen.
Auch meine schwache Stimme wünscht
Dir innigst alles Heil und Segen.

Der Völkerstürme Echo klang
Noch leise nach an Deiner Wiege;
Karl=August sah im Enkelsohn
Den höchsten Lohn für Kampf und Siege.

Und Goethe legte seine Hand
Auf Deine Stirn mit Segensgrüßen,
Er sah die Musen einen Kreis
Um Deine Wiege lieblich schließen;

Sie führten Dich ins Leben ein,
Sie blieben allzeit Dir gewogen,
Als Kunstmäcen hast Du fortan
Dich ihrem Kultus unterzogen.

Was Goethe Dir verheißen hat,
Es wurde Dir zu Lust und Segen
Und auch zum Trost im tiefsten Leid
Auf allen Deinen Lebenswegen.

Dem herrlichen Vermächtnis treu,
Das Dir Karl=August hinterlassen,
Hast Du der Pflicht Dich zugewandt
Und suchtest stets sie zu erfassen.

Du hast für Deines Landes Wohl
So treu gesorgt zu allen Zeiten,
Hast Deutschlands Einheit miterbaut,
Hast mitgeholfen sie erstreiten.

In Deinen Feierstunden hast
Du Dich den Künsten hingegeben,
Ihr läuternder, verklärter Reiz
Verherrlichte Dein tiefstes Leben. —

Noch wandelst Du in voller Kraft,
Noch ungebeugt durch all' die Jahre,
Und treue Herzen flehen heiß:
Daß Gott Dich lange so bewahre.

Schloss Hirschhügel in Thüringen.

Das leuchtende Haus im Walde, wie grüßt es
heimisch traut,
An einer schönen Stätte von kund'ger Hand erbaut.
Als Rahmen dient ihm herrlich des Forstes dunkle Wand,
In sanfter Wellenlinie erstreckt sich rings das Land.
Es winken in der Ebene die Wiesen üppig, frisch,
Es sprudeln holde Quellen so klar und malerisch.
Es weht um unsre Schläfen der harz'ge Waldesduft,
Und frei vom Staub der Städte ist hier die Gottesluft.
Von dem Luisenturme herab zeigt uns der Blick
Gefilde, wohl berufen zu schaffen Lust und Glück.
Und in dem Herrenhause, das gastlich uns empfängt,
Wird unser Geist zum Guten und Schönen hingelenkt.
Geschmack und Kunst vereinen sich zu des Hauses
Schmuck,
Und alle Sinne nehmen hier einen höh'ren Flug. —

möchte Gottes Segen verklären dieses Haus,
ar bleiben wohl hinieden die Sorgen nirgends aus,
ch) wenn man alle Kreuze stets fromm ergeben trägt,
heilt der Herr die Wunden, die seine Hand uns schlägt.
um wünsche ich von Herzen: der Herr sei Euer Hort,
schirme Eure Zinnen und Fluren fort und fort.

Gruss an Neapel.

Neapel, du schönste der Städte,
Die je mein Auge sah,
Dich grüße ich innig im Geiste,
Dir bin ich ewig nah.

Wie schwebt Dein Bild so herrlich
Vor mir zu jeder Zeit.
„Neapel sehn und dann sterben",
Fast wär' ich's zu sprechen bereit. —

Ich seh' im schmucken Bogen
Den Golf so wunderblau
Und den Vesuv zur Seite,
Als Wächter ernst und grau,

Aus seinem tiefen Krater
Er rote Funken schnaubt,
Und hüllt in Rauch und Nebel
Sein altes Sünderhaupt.

Und in den sonnigen Gluten
Glänzt Capris Felsgestein,
Es steigt wie ein Traum aus den Fluten,
Wie Orients Wiederschein.

Und oben in strahlender Bläue
Der Himmel dies Bild überspannt,
Als gäb' es wohl keine Reue,
Kein Leid, keine Qual hier zu Land'.

Das Volk in sorgloser Weise,
Es wandelt am Meeresgestad',
Betrachtend, wie sich ihm leise
Der Barken Geschwader jetzt naht.

Es lacht das Herz und die Sonne
Viel froher in dieser Luft,
Es zieht eine himmlische Wonne
Vorüber wie Balsamduft.

Die St. Lorenz-Nacht.

(In Italien.)

Die weiche Nacht, sie folgt dem warmen Tage,
Und sanfte Kühlung weht durch Flur und Hain,
Und nach des Tages heißer Last und Plage
Stellt sich nun Ruhe für die Müden ein,
Sie sitzen plaudernd in den engen Gassen
Und lassen ihren Reden freien Lauf;
Des Tages schwere Arbeit wird verlassen,
Und sinnend sehn sie zu dem Himmel auf. —
Sternschnuppen fallen vom Azur, dem blauen,
Herab in heller, wunderbarer Pracht;
Es flüstern leis und ehrfurchtsvoll die Frauen:
„Es ist ja heute die Sankt Lorenz=Nacht." —

In dieser Nacht, so geht die fromme Sage,
Erlitt der Heil'ge tausendfache Pein,
Sodaß darob die goldne Sternenwage
Erschüttert ward vom Mitleid fromm und rein.
Die Sterne weinten feurig heiße Zähren
Wohl über diese Erdenschlechtigkeit —
Und wenn die Nächte jährlich wiederkehren,
Wird ihr Tribut der Thränen neu geweiht.

In der Villa d'Este bei Tivoli.

Die Villa d'Este träumt im Mondenschein,
Die alten Pinien rauschen leis im Hain,
Und geisterhafte Schatten baden
Im Silberschaume der Kaskaden.
Um halb zerfallne Söller ranken,
Um steinerne Terrassen schwanken
Die Kletterrosen schlank und kühn,
Die keusch im tiefen Grün erblühn. —
Es schweigt die Welt. — Vergangner Zeiten Bild
Hat meine Seele wunderbar erfüllt,
Und wie ein Traum voll Märchenpracht
Umfängt mich diese Frühlingsnacht. —
Die Nebel steigen, die Pinien klagen,
Es klingt und es schallt von vergessenen Sagen.

Bei Vollmondschein im Colosseum zu Rom.

Ueberwältigt von Erinnerungen,
Von des Augenblickes Wert durchdrungen
Steh' ich stumm in diesem Tuskulum.
Keine Worte schildern mein Entzücken,
Noch die Zauber, die mich wild berücken,
Einsam hier in diesem Heiligtum.

Eine Welt ward hier in Bann geschlossen,
Christenblut ward hier für Gott vergossen,
Große Thaten kündet jeder Stein. —
Pittoreske Mauerschatten ragen,
Um die Trümmer rauschen leise Klagen,
Unbeweglich glänzt der Mondenschein.

An die Tiroler.

Du biedres Volk in einem schönen Land,
Du Volk so kühn und stolz und frei,
So glaubensstark, so kaisertreu,
Das selbst Napoleon's Heere überwand:

Gott segne Deines roten Adlers Flug;
In reiner, freier Alpenluft,
Umweht vom würz'gen Waldesduft,
So schwebt er kämpfend gegen Lug und Trug.

Die klaren Blicke richtet er empor,
Die starken Schwingen schützen Dich,
Du Volk so treu und ritterlich,
Und euer Motto bleibt: „excelsior".

In Veldes in Ober-Grain.

Hier in diesem stillen Eden
Rastet meine Pilgerfahrt,
Ich betrachte fromm die Zauber,
Die mir Gott hier offenbart. —
Eingefaßt von hohen Bergen,
Deren Firnen schneebedeckt,
Liegt das freundlichste der Thäler
Üppig blühend hingestreckt;
Und inmitten seiner Reize
Glänzt der spiegelklare See,
Wie ein treues, blaues Auge
Blickt er auf zur ew'gen Höh'.
Schmucke, grüne Hügel ragen
Überall voll Lieblichkeit,
Wie von leichten Feenhänden
Tändelnd, spielend ausgestreut.

Wonnig sind die frischen Triften,
Und die Wälder ernst und kühl.
Weiße Wolken treiben neckisch
An dem Firmament ihr Spiel. —
Steil am See ersteigt der Schloßberg
Von der alten Burg bekrönt,
Die so manchen kecken Angriff
Stolz und selbstbewußt verhöhnt.
Mitten aus den hellen Fluten
Ragt die Insel hold empor,
Mit dem Kirchlein unsrer Jungfrau
Wie ein trautes Himmelsthor;
Barken gleiten zu den Stufen
Seiner Treppen malerisch,
Des berühmten Glöckleins Klänge
Hallen durch die Wellen frisch,
Was der Himmel hier verheißen,
Sehnt das Herz herbei so heiß,
Doch „Sein Wille, er geschehe"
Flüstert unsre Lippe leis.

Davos im Schnee.

Es liegt das stille Alpenthal
Verhüllt vom bleichen Schnee,
Nur stolze Tannen bäumen sich
In ihrer steilen Höh',
Sie schleudern Schnee und Eise ab
Von ihrem dunklen Kleid
Und ragen streng und feierlich
In ihrer Einsamkeit.
Das Tinzenhorn, es winkt mir zu
Als wie ein guter Freund,
Es lächelt, wenn der Sonne Gold
Sein weißes Haupt bescheint.
Der See bei Dörfli lacht mich an,
Mich lockt sein klares Eis;
Die Schlitten sausen, die Nächte sind kalt,
Und die sonn'gen Tage so heiß! —

Du wunderbarer Erdenfleck
Kein zweiter kommt Dir gleich,
Zu jeder Stunde bist Du schier
An neuen Bildern reich.
Bald wähnt man sich im hohen Nord
Und bald im Süden mild,
Bald fühlt man, wie der kräft'ge Hauch
Des Winters uns umquillt,
Bald wird man wunderbar gekost
Vom warmen Sonnenschein,
Er dringt mit seiner Zaubermacht
Ins tiefste Herz hinein.
Die Luft ist rein als wäre just
Der Schöpfung erster Tag,
Als tönte von der Himmelsuhr
Zur Welt der erste Schlag. —
Das Firmament ist dunkelblau
Wie Lapislazuli,
Der weiße Schnee begrenzt es rings
In zarter Harmonie.
Die schönsten Farben dünken mir
Die Farben weiß und blau,

Marienfarben nennt man sie
„Die Farben unf'rer Frau". —
Dies bringe Glück dem stillen Thal
Im hohen Alpenland,
Zu dem so mancher sehnsuchtsvoll
Den müden Schritt gewandt!

In Berka.

(Juni 1895.)

Wie bitter unerwartet
Traf mich der Krankheit Pein
Und trennte mich für lange
Von all' den Lieben mein!
In eine Waldeinöde
Muß ich nun einsam zieh'n
Und all' die stillen Freuden
Des eignen Herdes flieh'n.
Von Schwermut bang ergriffen
Bedenk' ich all mein Leid
Und fühle mich so traurig
In dieser Einsamkeit.
Die süßen Kinderstimmen,
Wie sind sie mir entrückt,
Wie fern ist mir nun alles,
Was einzig mich beglückt. —

Doch gegen Gottes Willen
Zu murren liegt mir fern;
Ich beuge mich in Demut
Der Fügung meines Herrn
Und bitte ihn nur leise:
„Laß mich zu ernster Pflicht
Genesen, wenn's Dein Wille,
Wenn's Deinem Rat entspricht!"

Zu Tabarz.

(Herbst 1895.)

Tabarz, du holde Perle im schmucken Sachsenland,
Dir hab' ich meine Schritte ermüdet zugewandt;
Ich weile ernst und einsam in diesem Waldidyll;
Wie ist die weite Erde um mich so klar und still.
Die dunkeln Tannenbäume, sie flüstern früh und spät
Zu mir manch' altes Märchen, manch' inniges Gebet.
Und wenn ihr sanftes Mahnen mir in die Seele schallt,
So fühl' ich mich ergriffen von himmlischer Gewalt.
Um unser Herz zu läutern am Busen der Natur,
Hat Gott so viele Reize verstreut in Wald und Flur,
Und still die Hände faltend, bewegt von Leid und Lust,
Sprech' ich mit leiser Stimme aus sehnsuchtsvoller Brust:
„Du heil'ges Waldesrauschen, du traute Einsamkeit,
Wie lenkst du die Gedanken an lang vergang'ne Zeit."

Sommermorgen im Walde.

Die ersten Sonnenstrahlen fallen
Hernieder aus des Himmels Hallen
Ins Blätterdach wie goldner Staub,
Und auf dem Wipfelmeer der Bäume
Da ruhen sie wie schöne Träume,
Sich schmiegend an das grüne Laub.

Des Taues Silberspiegel gleißen,
Des Nebels Netze sie zerreißen,
Harzbuft'ger Regen tropft herab,
In tausend Farben niederfließend,
Des Waldes moosgen Grund begießend,
Quillt er zum Erdenschoß hinab.

Und in dem Sonnenflitter tanzen
Die Atemzüge all' der Pflanzen,
Als würden Perlen ausgestreut.
Der Waldesodem weht erquickend,
Und all' dies Leben rings erblickend
Apoll sich seines Zaubers freut. —

Sturm im Walde.

Es tobt in den Wipfeln der Tannen der Sturm mit
wilder Macht,
Ich höre, wie er dröhnend, erbrausend schwirrt und kracht
Und schaue hin bewundernd auf diese grausʼge Pracht.

Es ist als müßten sie brechen, die schlanken Stämme allʼ,
Als kämen allʼ die Riesen zu jähem, schwerem Fall,
Sich allgewaltig neigend hinab zum Erdenball.

Ich stehe unter ihnen als wie ein schwaches Reis
Und lausche, wie ihr Donner so laut zu grollen weiß,
Und möchte mit anstimmen des Allgewaltʼgen Preis.

In ihrem wilden Aufruhr, wie groß ist die Natur,
Wie nichtig ist dagegen des Erdenpilgers Spur. —
Doch Gottes Allmacht waltet auch jetzt in Wald und Flur.

Gewitter an einem Bergsee.

Dichte Wolken lagern auf den Bergen,
Frühe Finsternis erfüllt das Thal,
Durch die Wälder brausen die Orkane,
Durch das Dunkel gleißt der Blitze Strahl.

Horch, die Windsbraut jagt die schweren Wolken
Zu dem See hinab mit wilder Macht,
Ihn zu wecken, diesen holden Träumer,
Hat sie Donner, Sturm und Blitz entfacht.

Starke Brandung peitscht die stein'gen Ufer,
Sprühet heiß und schaumbedeckt empor,
Wellen brausen in gewalt'gem Aufruhr,
Gleich der Wolken ruhelosem Chor.

Wasserblumen beugen ihre Kelche,
Ihre zarten Dolden sind zerschellt.
Fernes Ave-Läuten nur bringt trostreich
In die sturmgepeitschte, düstre Welt.

Ein Morgen im Hochgebirge.

Gelbrote Dämmrungsschimmer sieht man im Osten glüh'n
Und einen leichten Regen von Funken niedersprühn;
Die weichen, grünen Matten sind feucht vom kühlen Tau,
Und bleiche Schatten lagern rings auf der stillen Au.
Zuweilen nur erhebt sich im Grase eine Geiß,
Und ihre Glocke läutet so heiser, dumpf und leis.
Noch regt sich in den Hütten der Sennen keine Hand,
Noch herrscht ein tiefer Friede im weiten Alpenland.
Die stolze Gletscherkette ragt düster in die Luft,
Umwoben wie mit Schleiern von mattem Nebelduft. —
Da hat die goldne Sonne, die noch das Thal nicht grüßt
Den höchsten Bergesriesen erweckend sanft geküßt.
Sie sendet ihre Strahlen so reich auf seine Firn
Und zaubert hehre Kronen auf seine greise Stirn.

Es strahlt die Morgenröte auf seinem Felsgestein,
In seinen eis'gen Gletschern erglänzt ihr Wiederschein.
Die andern Bergeshäupter, sie scheinen ehrfurchtsvoll
Vor ihm sich zu verneigen, der sie beherrschen soll,
Und sacht von ihren Schultern der Schattenmantel sinkt,
Auf mancher grauen Kuppe ein roter Schimmer blinkt.
Sie flechten lichte Rosen um ihre Stirnen hold,
Um das Gelock der Tannen ein Strahlennetz von
 Gold. —
Noch herrscht die tiefste Stille in Berg und Thal und
 Hain,
Zuweilen nur zur Tiefe stürzt rollendes Gestein.

Seegold.

Die Nixe badet am Meeressaum,
Sie badet ihr Goldhaar im Wellenschaum,
Die Woge rauscht um das goldne Gespinn,
Der Mondenschein lugt nach dem Glänzenden hin.
Und siehe, der Goldstaub entfließt ihrem Haar,
Er leuchtet als Seegold bald herrlich und klar;
Der Wasserrosen-, der Seeblütenduft
Erfüllet balsamisch die Abendluft.

Improvisierte Vorstellung in meinem Salon zu Weimar den 17. Februar 1894.

Begrüßung des Großherzogs Carl-Alexander und der andern Gäste durch eine Bäuerin und einen Rokoko-Kavalier.

Bäuerin meine Tochter Maria:

Ich trete jetzt vor Euch, Ihr edlen Gäste,
Im schlichten Kleid, die schlichte Bäuerin,
Und grüße Euch aufs herzlichste und beste,
Wenn ich auch ungewandt im Sprechen bin.

Doch auch in niedrer Hütte wohnt die Liebe
Und die Verehrung für das Fürstenhaus,
Und unsrer treuen Herzen warme Triebe,
Ich spreche sie in aller Namen aus.

Doch hab' ich wohl zu lang Euch aufgehalten,
Entlaßt mich, bitte, jetzt aus Eurer Schar,
Besonders da sich nahen reiche Falten
Von Sammt und Seide, Puder in dem Haar

Rokoko-Kavalier:

Ich bitte Dich, o tritt doch nicht zurücke,
Denn ist verschieden wohl auch das Gewand,
Trag' ich Brokat auch an mir und Perücke:
Geb' ich doch gern der Bäuerin die Hand,

Denn hoch und nieder muß sich heut verbinden,
Dem teuren Gast den Willkommsgruß zu weih'n,
Auf daß die Stunden freundlich ihm entschwinden,
Die er verlebt mit uns hier im Verein,

Drum wollen wir gemeinsam ihn begrüßen
Auf daß er lächle wohlgemut und froh,
Auch die Musik soll ihm die Zeit versüßen
Vereint mit Bäuerin und Rokoko.

(Am Klavier wird die Tannhäuser-Ouvertüre gespielt.)

Verklungen ist die Ouvertüre,
Die Euch so heimisch jetzt begrüßt,
Und die Tannhäuser's alte Sage
Vor Eurer Phantasie erschließt.

Wohl führten Euch die Melodieen
Zur stolzen Wartburg lockend hin,
Wo einst Elisabeth gewaltet
Mit starkem Geist und mildem Sinn,
Wo sie die Armen und die Kranken
Gelabt, gepflegt mit eigner Hand
Und in dem Wohlthun ihre Freude
Ihr höchstes Glück auf Erden fand.
Drum laßt vor eurem Geist erscheinen
Das holde Bild aus jener Zeit
Als Gottes Allmacht durch ein Wunder
Die Tugend seiner Magd geweiht.
O seht die Landgräfin im Walde
Den Armen reichend Speis' und Trank!
Wie strahlt ihr Blick voll reiner Güte,
Wie mild ist ihrer Stimme Klang.
Doch plötzlich tritt der hohe Gatte
Ihr zürnend in den Weg und frägt,
Was wohl Elisabeth im Korbe
An ihrem weißen Arme trägt.
Sie flüstert „Rosen" leise bebend,
Und sieh, das Wunder ist vollbracht,

Und in dem Korb erblüht gar herrlich
Die wonniglichste Rosenpracht. —
Barmherzigkeit gleicht Rosendüften,
Ist aller Blüten Königin,
Drum lenkt die Herzen und die Seelen
Zu diesem Rosenzauber hin.

Es folgt ein lebendes Bild: Das Rosenwunder.

Ellinor v. Str. als Edelweiß bringt einen Strauß Edelweiß für die Erbgroßherzogin Pauline von Sachsen.

Im Schwabenland, wo Eberhard der Greiner,
Der reichste Fürst einst lebte ritterlich,
Wo ernste deutsche Sitte allzeit herrschte,
Die stets dem reinen Hauch der Berge glich:

Da wuchs empor die Enkelin des Königs,
In der erlauchten Eltern treuer Hut,
Die junge Blüte am Wettiner Stamme,
Prinzeß Pauline lieblich, klug und gut.

Süddeutschlands Blume zog nach Sachsens Auen,
Dem Erben Weimars ward sie angetraut,
Dem edlen Vetter folgte die Erwählte
Nach seiner stolzen Musenstadt als Braut.

Und reines Glück umschloß fortan die Beiden,
Zwei teure Söhne wuchsen schmuck heran,
Und überall wo sich Pauline zeigte
Zog sie die Herzen aller Sachsen an.

Ihr mildes Auge ward dem Sachsenlande
Zu einem klaren Frühlingssonnenschein.
Sie selbst ward glücklich, lebte glückverbreitend
Mit ihrem edlen Hause im Verein.

Wohl liebt sie innig ihre jetz'ge Heimat;
Süddeutschlands Bergen aber blieb sie hold,
Zum Fuß des Watzman zieht sie jeden Sommer,
Wo Bergesecho lauter braust und grollt.

Süddeutschlands Berge lieben ihre Fürstin,
(Die ihre Reize wohl zu schätzen weiß)

Und senden ihr als Gruß am heut'gen Abend
Dies zarte, schlichte Sträußchen Edelweiß.

Die 3 kleinen Schwestern E., M. u. H. kommen als Vergangenheit, Gegenwart und Zukunft.

Ellinor in grau als Vergangenheit:

Der erste Platz gehört wohl mir,
Ihr Schwestern, ich bin die erste hier,
Ich bin's, die Weimar hoch geweiht,
Man nennt mich die Vergangenheit.

Wohl nirgends richtet sich mein Blick
Mit größrem Selbstgefühl zurück
Als hier auf Weimars goldne Zeit,
Verherrlicht zur Unsterblichkeit.

Ganz Deutschland zehrt an Weimars Ruhm,
Betrachtet als sein Heiligtum
Dies Ilm=Athen, dies Musenheim
Voll Poesie und Schwung und Reim;

Drum kann ich stolz mein Haupt erheben
Und heut an Eurer Seite schweben
Ihr Schwestern jung und hoffnungsreich,
Bin ich auch müde schon und bleich.

Maria in rosa als Gegenwart:

Wo die Vergangenheit erschien,
Will auch die Gegenwart erblühn,
Sie räumt der Schwester nicht das Feld,
Denn ihr gehört die jetz'ge Welt.

Wenn Palmen auch und Lorbeerreis
Vergangenheit errang als Preis:
Die Gegenwart beut Rosen dar
Und flicht sie in ihr krauses Haar.

Sie blickt mit Stolz und Zuversicht
Auf Weimar hin im Sonnenlicht,
Wie's wächst und sprosst und Blüten trägt
Und alle edlen Künste pflegt.

Und an der Spitze immerdar
Erblickt sie Weimars Herrscherpaar,
Dem jedes Herz hier zugehört
Und Treue, Dank und Liebe schwört.

Drum streut sie Blumen Euch zu Füßen,
Mit dieser Huldigung zu grüßen
Den Fürsten hier in unserm Bund,
Und wünscht ihm Heil aus Herzensgrund.

Vera in grün als Zukunft:

Vergönnt der Zukunft auch ein Wort,
Sie führt euch in die Fernen fort
Und zeigt euch still, geheimnisvoll,
Was sie euch wohl noch bringen soll.

Und wie ihr Kleid so hoffnungsgrün,
Sieht Weimars Zukunft sie erblühn,
Und Handel, Kunst und Wissenschaft
Entfaltend sich mit aller Kraft.

Es herrscht das Gute und das Schöne
Zum Heil der Väter und der Söhne,
Und Weimar bleibt für alle Zeit
Dem edlen Musendienst geweiht.

Abermals eine ähnliche kleine Aufführung in meinem Salon in Weimar am 15. Mai 1895.

Begrüßungsworte an den Großherzog.

Ein Jahr ist rasch dahingeeilt,
Seitdem Du einst bei uns verweilt
Zu unsrer stolzen Freude.
Dies Jahr gab jedem seinen Teil
An Glück und Hoffnung, Lust und Heil,
An Segen und an Leide.

Doch unverändert ganz und gar
Blieb auch in dem verflossnen Jahr
Zu Dir, o Herr, die Liebe,
Zu Dir, der Sachsen mild regiert,
Dem Ehrfurcht, Treu und Dank gebührt
Und alle Herzenstriebe.

Drum rufen wir voll Jubel heut:
Der beste Fürst in neuer Zeit,
Dem jedes Herz zu eigen,
Er ist bei uns heut eingekehrt,
Wie diese Gunst uns freut und ehrt,
O, könnten wir's doch zeigen.

Es erscheinen zwei Nymphen.

Ellinor Str. als Nymphe aus Scheveningen:

Weitgereist in aller Schnelle
Naht das bleiche Kind der Welle,
Naht der Nordsee Wasserfei,
Kommt des Meeres Kind herbei.
An dem Strand von Scheveningen
Pfleg' ich mich im Tanz zu schwingen
In der Abendsonne Glut,
In der blauen Meeresflut.
Meine Freude schon seit Jahren
War's, den Wandrer zu gewahren,
Der im Sommer zu uns zieht,
Hier der Städte Lärm entflieht.

Hoch und schlank kommt er geschritten,
Mild und hold sind seine Sitten,
Stets in gleicher Rüstigkeit
Weilt er bei uns eine Zeit.
Und in einer Sternennacht
Ward die Kunde uns gebracht,
Daß ein Fürst vom Sachsenlande,
Von der Ilm erkor'nem Strande,
Eng verknüpft durch heil'ge Bande
Mit dem Thron der Niederlande,
Unser teurer Fremder sei.
Und der Nordsee Wasserfei
Folgt ihm heimlich in die Ferne,
Wo ihr leuchten seine Sterne,
Macht in seiner Residenz
Ihm nun ihre Reverenz.

Maria Str. als Nymphe der Ilm:

Meeresschwester, laß Dich grüßen!
Wo die Wellen sanfter fließen,

In der Ilm stand meine Wiege,
Wo ich still und friedlich liege.
Nicht umrauscht von Meereswogen
Wurde ich zwar groß gezogen,
Doch auch meine zarte Hand
Ist als segensreich bekannt.
Folge mir nach Berkas Fluren,
Dort erblickst Du tausend Spuren
Meines Wirkens, meiner Kraft,
Meiner edlen Eigenschaft.
Meines Ruhmes Morgenröte
Schuf Carl=August einst und Goethe,
Bald ging meine Sonne auf,
Nahm der Segen seinen Lauf.
Vielen Kranken, vielen Müden
Ward der Jugend Kraft beschieden,
Seit Jahrzehnten wohl bis heut,
Jeder ward erfrischt, erfreut.
Darum wagt der Ilm Najade
Sich zur Fei vom Meergestade,
Will mit ihr zum Fürsten gehn,
Der ihr eigner Souverän.

Vera v. Str. als Weltgeschichte:

Es naht mit ernsten und gemessnen Schritten
Die Weltgeschichte jetzo Eurem Kreis,
Die Euch von Sachsens Stämmen, Thaten, Sitten
So viel des Großen zu erzählen weiß.
Wo aber fänd' ich Worte zu beginnen!
Wo aber hörte meine Rede auf!
Drum wollt' ich kurze Bilder nur ersinnen
Für Euch aus Sachsens Weltgeschichtenlauf.
Es sind nur ganz improvisierte Bilder,
Die sich Euch bieten anspruchslos und schlicht,
Dies stimme (hoff' ich)) Euer Urteil milder
Drum bitte geht nicht strenge zu Gericht.

1 tes lebendes Bild: Der Prinzenraub im Schloß zu Altenburg 1455.

Dies Bild, das sich Euch jetzt entbietet,
Es stellt den Prinzenraub Euch dar,
Den Kunz von Kaufungen vollführte
In jenem unvergeßnen Jahr.

Der Kurfürst Friedrich war auf Reisen
Nach kaum beschloss'nem Bruderkrieg,
Als in des festen Schlosses Hallen
Zu Altenburg der Räuber stieg.
Er rafft vom Bett die jungen Prinzen,
Der Eltern höchstes Erdengut,
Und eilt nach Böhmens naher Grenze
Nebst seinem Raub mit keckem Mut.

2tes lebendes Bild: die Verlobung von Herzog Albrecht von Sachsen-Weimar mit Herzogin Dorothea von Sachsen-Altenburg im Schloß zu Dornburg 1635.

Von Sachsen=Weimar Herzog Albrecht ist es,
Bernhard des Großen Bruder, den ihr seht,
Im Schloß zu Dornburg feiert er Verlobung
Mit Dorothe, die strahlend vor ihm steht.
Die greise Mutter giebt gerührt den Segen.
Die Beiden liebten sich schon manches Jahr,
Doch falscher Stolz, verkannte Ideale
Entfremdeten dereinst das junge Paar.

Die wahre Liebe trug den Sieg von dannen,
Drum hat der beste Fürst aus jener Zeit
Die klügste, schönste Jungfrau des Jahrhunderts,
Die minnigliche Dorothe gefreit.

3 tes Bild: Carl-August zu Besuch bei Frau Rath Goethe in Frankfurt.

In diesem Bild seht ihr Carl-August plaudernd
Mit der Frau Rat, bei einer Tasse Thee,
Im Haus zu Frankfurt, wo er sie besuchte,
Sie sieht ihn an, fürwahr toute enchantée.
Von „unserm Wolf" hört man sie selig sprechen;
Doch nun ist's Zeit, die Bilder abzubrechen. —

Schlußworte gesprochen durch E. v. Str.

Ihr habt geruht uns anzuhören,
Wir danken Euch für diese Huld,
Wir danken unserm edlen Gönner
Für seine Nachsicht und Geduld.

Was wir euch boten war bescheiden,
Es war nur selbstgebacknes Brot,
Das man in diesen schlichten Räumen
Dem Enkelsohn Carl-August's bot.

Doch wollen wir uns glücklich preisen,
Wenns euch ein Stündlein wohl verkürzt.
Wir hatten auch die schlichte Speise
Mit Lieb und Herzlichkeit gewürzt.

Bilder aus der Vergangenheit

Ein Abend bei Goethe.

Die Sonne sinkt und es will Abend werden,
Vorüber ist der holde Maientag
Und heim zum Städtchen zieht mit heitern Liedern
Die Jugend Weimars durch den grünen Hag.
Sie zogen aus, die schlanken Evastöchter,
Hinaus in Wald und Feld zum Blumenraub
Und tragen heim die Körbe reichbeladen,
Bekränzt mit Hopfen und mit Epheulaub.
Da zuckt durch alle Köpfe der Gedanke:
Hinein zu Goethe in sein Gartenhaus,
Die Mädchen jubeln wie aus einem Munde,
Und stürmisch führen sie den Vorschlag aus.

Sie treten ein beim Meister der Gesänge,
Der freundlich lächelnd all die Schönen grüßt
Und allzeit gern der lebensfrohen Jugend
Sein schlichtes, trautes Dichterheim erschließt.
Sie eilen, ihn mit Kränzen zu umwinden,
Und als sie lachend hüpfen in der Rund',
Fällt eine Venus von dem Postamente
Und sinkt in tausend Scherben auf den Grund.
Erzitternd stehen all' die jungen Wesen:
Der tiefsten Reue anmutsvolles Bild;
Doch Jupiter scheint heute nicht zu grollen,
Er spricht so trostreich, väterlich und mild:
„Wir wollen nicht um jene Venus trauern,
Aus Thon geformt an ihrer Göttin Statt,
Da Venus heute hier durch Euch so viele,
Lebendige Vertreterinnen hat."

Das Heldengrab am Wendelberg.

In Deutschland herrscht der letzte Karolinger,
Die Ungarn fallen grausam in das Land,
Der junge König führt sein Heer zum Kampfe,
Vom grimmen Feinde tückisch übermannt.
Und in der heißen Schlacht bei Augsburg kämpfen
Zwei Freunde kühn mit Krummschwert und mit Speer,
Da bringt ein Ungarpfeil dem jüngern Streiter
Ins tiefste Herz; er sinkt und atmet schwer.

Er wendet sterbend sich zum Kampfgenossen:
„Trag' meinen Leib ins heimatliche Gau
Zum Wendelberg, und bei des Gramsees Wellen
Bestatte mich, auf jener holden Au.
Und einen Speer getränkt vom Ungarblute
Als letzte Liebe pflanze mir aufs Grab,
Daß ich am Tag der Rache mit Euch kämpfe.
Er sei mein Talisman, mein Pilgerstab."

Der treue Freund vollführt die letzte Bitte,
Er trägt den Leichnam aus dem Schlachtgebraus,
Auf seinen Schultern trägt er den Entseelten
Aus jenem wilden Mordgewühl hinaus.
Und unter seinen heimatlichen Eichen,
Am Wendelberg wölbt er das Heldengrab,
Und stößt den Speer hinein. — Der kleine Hügel
Sieht auf den Gramsee weihevoll herab.

Und jedes Jahr am Allerseelentage
Eilt er zum Grab des Freundes, bringt ihm Mär'
Vom deutschen Reich und von den Ungarkriegen,
Von seines Vaterlandes Weh und Wehr.
Zur Antwort rauschen nur des Grabes Eichen,
Den rost'gen Speer nimmt er in seine Hand,
Pflanzt ihn aufs neue in die kühle Erde
Und spricht zum Freunde von dem Heimatland.

Die reiterlosen Pferde nach einer Schlacht.

Der Donner der Kanonen ist verklungen,
Es schweigt die blut'ge, heiße Schlacht,
Und von der dumpfen Müdigkeit bezwungen
Neigt sich herab die mitleidsvolle Nacht.
Und durch die Lüfte weht es leise klagend:
„Wie viele junge Leben sind geknickt",
All jene Seufzer hin und wieder tragend
Der Abendwind die matte Flur erquickt.
Doch horch, welch scharfes Galoppieren
Jetzt plötzlich durch die Stille schallt,
Welch wildes Schnauben, lautes Wiehern
Im Abendnebel wiederhallt!
Es sind die reiterlosen Pferde
In selbstgeschloßner Eskadron,
So jagt die führerlose Herde
Dahin wie grauenhafter Hohn.

Der Hunger peitscht sie in die Flanken,
Sie jagt der Durst von Quell zu Quell,
Und ohne Weichen, ohne Wanken
Geht's zur Attacke, zum Appell.
Wo aber rasten ihre Reiter,
Die sie geführt mit fester Hand,
Die jungen, hoffnungsvollen Streiter,
Die heut gekämpft fürs Vaterland!

Der Abschied von Napoleon I. und Josephine.

Josephine, Josephine, hörst Du nicht das Wort: „Ent=
  sage",
Thron und Gatten mußt Du opfern laut der Staats=
  kunst Zwangsverträge,
Ja, Du selbst Du hast verzichtet (blutend gleich aus
  tiefster Wunde),
Hast mit Thränen unterzeichnet jedes Wort der Ab=
  schiedskunde,
Willst Napoleons Freundin bleiben stets bis in die
  fernsten Tage,
Willst sein Glück auch ferner segnen, rufst Dir selber
  zu „entsage"
Um Dich Frankreichs Wohl zu opfern, zügelst Du des
  Herzens Schläge,
Und es trennen sich zur Stunde Eure ferner'n Lebens=
  wege.

Eine einzige Umarmung noch vergönnt Ihr Euch beim Scheiden,
Um Euch dann fürs ganze Leben kühl zu trennen und zu meiden.
Du ziehst stumm und ohne Klage hin nach Malmaison dem stillen,
Er stürmt fort ins wilde Leben: große Pläne zu erfüllen.
Und Du scheidest bleich und traurig aus dem Schloß der Tuilerien,
Jenem Schloß der frohen Einkehr, aus dem alle seufzend ziehen.
Doch mit Dir auch schied sein Engel, schied der Genius seiner Siege.
(Kurz nur brauste noch der Jubel an des Kaisersohnes Wiege).
Aus dem Schloß der Tuilerien scholl in Zukunft manche Klage
Gleich dem Nachhall jener Worte: "Josephine, o entsage!"

Die Taufe des Königs von Rom.

Der Donner der Kanonen
Verkündet in Paris,
Daß Gott Marie-Luise
Zur Mutter werden ließ.

Mit atemloser Spannung,
Mit fieberhaftem Drang
Horcht alles auf den frohen,
Den heißersehnten Klang.

Der Schüsse ein und zwanzig
Sie zogen schon vorbei,
Nun nahet die Entscheidung
Ob es ein Erbe sei.

Noch achtzig Schüsse künden
Der jubelnden Nation,
Es sei ein Sohn beschieden
Dem kaiserlichen Thron.

Da herrscht ein Freudentaumel
In Stadt und Volk und Heer,
Da kennt wohl die Begeistrung
Fast keine Grenzen mehr.

Ein neuer Glanz umleuchtet
Des Imperators Bild,
Es scheint, daß ihm das Schicksal
Jedweden Wunsch erfüllt.

Die Dankeshymnen schallen
So laut wie Orgelklang,
Dem jungen Erben Frankreichs
Gilt dieser Lobgesang.

Bald zieht der Taufzug herrlich
Zum Dom de Notre-Dame,
Zu dem so mancher Festzug
Schon hingepilgert kam.

Vom Schlosse bis zum Tempel
Erstreckt sich das Spalier,
Von Frankreichs besten Truppen,
Kornet und Grenadier.

Napoleon zeigt voll Wonne
Dem Heer und der Nation
Den Erben seines Reiches,
Den heißersehnten Sohn.

Umgürtet mit dem Schwerte
Erstrahlt er siegsgewiß,
Als gebe es auf Erden
Für ihn kein Hindernis.

Europas Fürsten drängen
Sich huldigend um ihn,
Der wie ein Halbgott heute
Der ganzen Welt erschien.

Es glänzt auf seinem Haupte
Die Krone goldesschwer;
Es dröhnen die Fanfaren
Weithin von Meer zu Meer.

Napoleon, der sich heute
Unüberwindlich wähnt,
Sieht nicht den nahen Abgrund,
Der ihm zu Füßen gähnt.

Denkt nicht an König Ludwig,
Der vor ihm hier regiert,
Und den sein Volk vom Throne
Zu dem Schafott geführt,

Ahnt nicht, daß all' der Jubel
Auch ihm verstummen soll,
Wenn sich sein Schicksal wendet
Dereinst verhängnisvoll,

Vergißt, wie alle Glorie
Auf Erden rasch vergeht,
Und nur der Wert der Tugend
Vor Gott allein besteht.

Die Frauen der Tuilerien.

In Frankreich droht und gärt Revolution,
Sie tobt um Ludwigs alten Königsthron.
Mit dem Gemahl und ihren Kindern steht
Die Königin in schweigendem Gebet;
Zum letzten Mal vom Schloß der Tuilerien
Sieht sie das goldne Morgenrot erglühn,
Es zeigt ihr tausend Feinde wutentbrannt.
Zur Hölle ward ihr schönes Heimatland.
Jedoch das Kind der größten Kaiserin
Entfaltet heut' der Mutter hohen Sinn,
Sie zittert nicht, sie klagt und zaget nicht
Und frägt nur stets, „was ist wohl unsre Pflicht?"
Und hoheitsvoll, als echter Habsburgssproß,
Verläßt sie Frankreichs stolzes Königsschloß,
Und hoheitsvoll steigt sie auf das Schafott. —
Verführtes Volk, o Dir genade Gott! —

— — — — — — — —

Und wieder ward ein Reis von Habsburgs Stamm
Als Herrscherin begrüßt in Notre dame,

Marie=Luise, die Liebliche, erschien
Als Kaiserin im Schloß der Tuilerien.
Nach kurzen Jahren höchster Erdenmacht,
Voll Glanz und Fülle, Herrlichkeit und Pracht,
Da dämmert auch für sie der Morgen schon
Mit jenem Ruf: „Entflieh mit Deinem Sohn."
Doch ungern will Marie=Luise entfliehn
Und in der Märzennacht von dannen ziehn,
Der kleine König sträubt sich mit Gewalt,
Der tapfern Garden Treueschwur erschallt:
„O bleibe hier, vertraue unserm Mut,
Wir schützen Dich mit Eisen und mit Blut."
Berittne Boten sprengen in den Hof:
„Die Feinde nahen," klingt es rauh und schroff,
„Kosakenschwärme drohen fürchterlich,
Nur rasche Flucht noch rettet ihn und Dich;
Du mußt entweichen, weils der Kaiser will."
Und Reisewagen nahen schwer und still.
Sie steigen ein mit trübumflortem Blick
Und lesen in den Sternen ihr Geschick:
Daß nimmermehr mit seiner Zauberpracht
Wohl ihnen je dies Schloß entgegenlacht. —

Gleich einem Leichenzuge geht es hin,
Durch ihre Hauptstadt fährt die Kaiserin,
Doch alles schweigt und gönnt ihr keinen Gruß,
Nach all' der Huld'gung stetem Überfluß;
Wo man sie einst vergötterte im Glück
Zieht sich im Unglück alles stumm zurück. —
Aus ihren Augen schwindet nun das Schloß,
Wo sie des Lebens höchste Lust genoß,
Dies Schloß, bestimmt für manches Abschiedswort,
Denn jede Fürstin zieht mit Thränen fort. —
Bald werden andre Frauen stolz und kühn
In dieses Schloß mit ihren Kronen ziehn,
Doch immer wieder naht die Schreckensnacht
Der Flucht, des Abschied's von der holden Pracht,
Sie werden kommen all' die Dynastien
In rascher Folge alle: um zu fliehn! —
Was man an Habsburgs Töchtern hier verbrach
Wälzt sich als Fluch in diesen Hallen nach.
Zur Fremde alle Herrscherinnen ziehn,
Und Feuer tilgt die Schuld der Tuilerien!

König Georg V. von Hannover in der Schlacht bei Langensalza 1866.

Es tobt die Schlacht am Ufer der Unstrut,
Die tapferſten Heere umarmen ſich
Mit eiſernem Griff, ſo fürchterlich
In blutigen Ringen, im heißen Kampf,
Es weht um die Fluren der Pulverdampf.

Und Angeſichts ſeiner kühnen Streiter
Hält König Georg hier hoch zu Roß,
Umgeben von ſeiner Trabanten Troß
Auf freiem Hügel, im Wetter der Schlacht
In heldenmüt'ger, ernſter Wacht.

Als wären beide aus Erz gegoſſen,
So ſtehen im Feuer Reiter und Roß;
Es denkt an die Toten der Welfenſproß,
Er neigt ſein Haupt, er betet ſtumm,
Kanonendonner brauſen ringsum.

Der blinde König lauscht dem Toben,
Sein großes Auge richtet sich
Zum Himmel fromm und feierlich
Und scheint zu fragen, schlicht und mild
„Ist nun mein Leidenskelch gefüllt?"

Breslau, Eduard Trewendt's Buchdruckerei
(Setzerinnenschule).

Von derselben Verfasserin erschienen:

Gedichte

von

Nora Gräfin von Strachwitz
geb. Gräfin Henckel von Donnersmarck

8. 53 Seiten

Breslau 1890.

Alte und neue Gedichte

von

Nora Gräfin von Strachwitz
geb. Gräfin Henckel von Donnersmarck

8. 116 Seiten

Breslau 1890.

Verlag von Eduard Trewendt in Breslau

Gedichte
von
Moritz Graf Strachwitz

Gesamtausgabe

Mit einem Lebensbilde des Dichters
von
Karl Weinhold

—✦— Achte Auflage —✦—

Elegant gebunden 3 Mark.

✿

Gedichte und Aphorismen
von
Gräfin Margarete Keyserling

Mit einem Vorwort
von
Ad. Friedr. Graf von Schack

Geheftet 2 Mark, elegant gebunden 3 Mark.

Zu beziehen durch alle Buchhandlungen.